AF395404

Sandkuchen für Herrn Goethe

von Peter Ohren

FSC
www.fsc.org
MIX
Papier aus ver-
antwortungsvollen
Quellen
Paper from
responsible sources
FSC® C105338

INHALT

Bibliografische Information der Deutschen Nationalbibliothek:
Die Deutsche Nationalbibliothek verzeichnet diese Publikation
in der Deutschen Nationalbibliografie, detaillierte bibliografische
Daten sind im Internet über dnb.dnb.de abrufbar.

TWENTYSIX – Der Self-Publishing-Verlag
Eine Kooperation zwischen der Verlagsgruppe Random House
und
BoD – Books on Demand

© 2017 Peter Ohren
Grafik Simon Kallfaß, Köln

Herstellung und Verlag:

BoD – Books on Demand, Norderstedt

ISBN: 978-3-7407-2649-2

*Es kommt nicht darauf an,
dass Freunde zusammenkommen,
sondern darauf, dass sie
übereinstimmen"*

Johann Wolfang von Goethe

Kapitel 1

Die Begegnung

1

Eigentlich bin ich gar kein Besucher von Cafés, zumal, wenn ich allein in die Stadt fahre. So wie viele Leute nehme ich am liebsten, wenn schon in einem Café, dann aber an einem Tisch für mich allein Platz.

Zum Glück habe ich den heute erwischt, spüre aber schon, dass irgendwer erpicht ist, ebenfalls an meinem Tisch Platz zunehmen, der leider noch einen freien Stuhl hat. Es geht höflich zu, „mein Herr ist dieser Platz noch frei?", ja was soll ich sagen, „ja natürlich. Nehmen sie Platz".
„Ist es immer so voll in diesem Kaffeehaus? Es ist wahrlich ein Problem, einen Platz zu bekommen", beginnt der Herr sein Gespräch.
„Ich gehe selten in ein Café", antworte ich, „und muss ihnen sagen, dass auch ich es als voll empfinde."

Der Herr entsorgt seinen Mantel und den Hut, irgendwie altmodisch anmutend, an einem Haken an der Wand, reibt sich die Hände und nimmt Platz an meinem Tisch, der jetzt ja nicht mehr 'mein' Tisch ist.

„Sie kommen wohl hier aus der Region?", fragt

der Herr. „Ja", antworte ich verhalten.
Das Wort Region irritiert mich etwas. Wir in Köln
würden eher sagen: 'Sie kommen wohl aus der
Gegend hier?' Ich betrachte mir den Herrn
etwas genauer. Er ist von großer Statur und
trägt einen eigentümlichen Anzug mit
altmodischer Binde. Dabei wirkt er sehr
selbstbewusst, aber nicht unangenehm, so dass
ich sagen müsste, der Herr hat was.
„Ja", sage ich nochmals, und versuche, das
Gespräch wiederaufzunehmen. „Für einen
Mittwoch ist es doch wirklich sehr voll hier".

„Es könnte einen besonderen Grund haben",
überlegt der Herr. Er lehnt sich zurück, schaut
sich im Lokal um und hält offenbar nach einer
Bedienung Ausschau. Ich frage, welchen
besonderen Grund es für den überaus guten
Besuch des Cafés, für die vielen Menschen hier
geben könnte. „Die Stadt ist voll von Literaten",
postuliert mein Tischnachbar.

„Ach, wieso?"
„Ich bin in diese Stadt gekommen, um zu
erfahren, was es mit der Literaturveranstaltung
'Lit. Cologne' so auf sich hat". Derweil kommt
die Bedienung an unseren Tisch, wartet etwas
ungeduldig, um die Bestellung aufzunehmen.

Der Herr wendet sich ihr mit erhobenen
Augenbrauen zu: „Sie haben uns ja erfreulich

viel Zeit gelassen zum Aussuchen, nur ... hier liegt kein Blatt, mit dem ich ... oder sagen wir ... aus dem *wir* hätten aussuchen können". Abrupt dreht sich die kleine Person um und holte vom Nachbartisch die Speisekarte, hebt den Kopf und wartete etwas arrogant auf das, was wir zu bestellen gedenken.

Ich bitte um einen 'English Tea' mit Milch und Zucker. Der Herr mir gegenüber bestellt einen kräftigen Kaffee. „Was Verstehen sie unter kräftigem Kaffee? Sie müssten mir schon sagen, was genau sie haben wollen", tönt die Bedienung. Ich schalte mich ein und erwidere, „der Herr möchte einfach nur einen Kaffee, ist das so kompliziert?" Er schaut mich an, dann wieder die Bedienung und sagt: „Einfach Kaffee und ein Stück Sandkuchen".
„Wenn sie Kuchen wollen, müssen sie nach vorn an die Glasvitrine gehen. Da haben wir eine große Auswahl, von allem etwas. Sie bestellen, und ich bringe es ihnen."
Der Herr schaut wieder mich an. „Wieso aussuchen? Wenn ich Sandkuchen bestelle, dann bekomme ich doch wohl Sandkuchen, ohne dass ich mich bemühen muss, den auch noch auszusuchen. Ich bin es gewohnt, dass man mir ohne große Diskussion das bringt, was ich haben will". Mit versteinertem Gesicht dreht die Bedienung ihren Kopf zur Seite und geht.
„Übrigens, sie haben 'English Tea' mit Milch und

Zucker bestellt, ist das Mode hier?“
„Nein, seit meinem letzten Besuch in
Großbritannien habe ich meine Leidenschaft für
dieses Getränk entdeckt und ziehe es dem
Kaffee vor. Aber Verzeihung mein Herr, sie
haben eben die 'Lit. Cologne' erwähnt, haben
sie da irgendwie eine Beziehung zu, oder wie
soll ich das verstehen?“

„Im Grunde genommen 'ja', doch kann ich nicht
mehr öffentlich auftreten. ... Mich gibt es so
nicht mehr!“
„Oh, mein Herr Sie werden mir aber jetzt
mystisch interessant. Doch, bevor Sie
fortfahren, möchte ich ihnen raten: Suchen sie
sich selbst ein Stück Kuchen aus, da vorn in der
Vitrine. Neben Sandkuchen gibt es dort noch
vieles, was für sie geschmacklich infrage
käme“.
„Nein, nein, ich möchte einfach Sandkuchen“,
beharrt der Herr.

Die Bedienung bringt mir den Tee und für den
Herrn eine große Tasse schwarzen Kaffee. Er
senkt sein Haupt und bedauert leise, seinen
Sandkuchen nicht bekommen zu haben. Ich
schlage ihm vor, für ihn das Aussuchen zu
übernehmen. Er stimmt zögerlich zu, und ich
gehe schließlich zur Vitrine, bestelle ein Stück
Rodonkuchen. Das ist ein Napfkuchen, dem
Sandkuchen ähnlich.

Der Kuchen wird gebracht, und der Herr
bedankt sich bei mir für die Hilfe. Er scheint mit
meiner Auswahl zufrieden zu sein.
„Mir ist aufgefallen, dass viele Menschen in
dieser Stadt recht freundlich sind. Und Sie
gehören dazu", versichert mir der Herr. Ich
schlürfe an meinem 'English Tea' und
beobachte mein Gegenüber sehr intensiv,
bemühe mich aber, dabei nicht zu aufdringlich
zu wirken. „Mein Herr Sie haben mich mit
Ihren ... sagen wir ... mysteriösen Bemerkungen
von eben unheimlich neugierig gemacht. Habe
ich Sie vielleicht schon einmal in irgendeiner
Form ... erlebt? Sagen wir ... mental, in Form
von Literatur?"

„Da bin ich mir sicher", der Herr blickt mir in die
Augen, und ein feines Lächeln empfängt mich.
„Lesen Sie gern und viel?", will er wissen.
„Ja, ich lese gern, eigentlich immer. Es vergeht
kein Tag ohne. Das Buch ist für mich sogar eine
Art ... Lebensader. Wenn es die Literatur nicht
gäbe, so würde ich sie neu erfinden. Er sieht
mich begeistert an: „Mein junger Freund, so darf
ich sie nennen, ich bin fasziniert, wie sie das
formuliert haben. Ich befinde mich bei ihnen in
guter Gesellschaft."

Mir wird auf einmal ganz blümerant bei dem
Gedanken, wer dieser Herr mir gegenüber ist

oder sein könnte ... tatsächlich ein großer Schriftsteller? Nein, das kann einfach nicht sein.
„Ich muss noch einmal auf meine Frage zurückkommen", winde ich mich, „sind Sie irgendwie Teilnehmer bei der 'Lit. Cologne'?"
„Nein", erwidert der Herr, „ich möchte in Erfahrung bringen, ob heutzutage Bücher noch einen Stellenwert haben. Ich habe mich sehr besorgt gezeigt als ich erfuhr, dass die lesende Welt nun auf ein modernes Instrument umsteigen könnte ... und somit das klassische Buch bedroht ist, ganz aus dieser Welt zu verschwinden. Andererseits, bevor wir uns hier in diesem überfüllten Kaffeehaus begegnet sind, habe ich mich in einem großen Buchladen umgeschaut. Mit Genugtuung musste ich dabei feststellen, die Menschen kaufen noch Bücher und werden auch darin lesen".
„Tatsächlich teile ich die Sorge mit Ihnen, dass Bücher als Medium verschwinden könnten. Auch ich möchte sehr, dass das Buch als Buch erhalten bleibt".

Unvermittelt beugt er sich zu mir herüber und fragt leise mit einem überaus wichtigen Unterton: „Haben Sie schon einmal versucht, ein Buch zu ... schreiben?"

Ich bin perplex, „ich habe nie darüber nachgedacht", gestehe ich leise.
„Tun sie es", bestimmt mein Tischnachbar und

blinzelt mit den Augen. „Ich habe mich umgeschaut in dem Buchladen und musste feststellen, wie viele unwichtige Leute ein Buch geschrieben haben, und kein Mensch will es lesen!"
„Woher wollen sie wissen, dass es keiner lesen will? … Und warum sollte ausgerechnet ich ein Buch schreiben, das dann viele Leser in seinen Bann zieht?"

Der Herr schaut mich noch einmal mit seinem feinen, irgendwie weisen Lächeln an. „Ich spüre es! Und kann sehr gut beurteilen, ob es gelingt ... oder nicht."

Was für eine Aussage. Ich werde ganz aufgeregt, mein Herz beginnt, schnell zu schlagen: „Mein Herr wer sind sie?" Mir wird ganz schwindelig. Ich nehme mein Glas mit dem Tee fest in die Hand, sodass mir in den Sinn kommt, es könnte zerbrechen.

„Ich sagte ihnen Eingangs", erklärt der Herr, „mich gibt es im Grunde nicht mehr, ich bin eine Person der Geschichte, genauer der literarischen Welt. Sie haben ein unwahrscheinlich großes Glück, dass wir uns hier begegnen. Ursprünglich bin ich ein Hesse aus Frankfurt, habe aber nach einigen Umwegen in besonderem Maße in einer Stadt gewirkt, die sich später ganz auf meine Person eingestellt hat, in Weimar. Ehrlich gesagt, diese Stadt müsste meinen Namen tragen, aber da gab es eine weitere Persönlichkeit, die in meinem Schatten sich auch einen Namen machte; und das hätte zu Streitigkeiten führen können. Man bezeichnete uns sogar als Fürsten - 'Dichterfürsten'. Ein monumentales, wunderschönes Denkmal gibt es heute in dieser Stadt zu bestaunen. Dort hat man uns beide, ich muss sagen, sehr gut getroffen. Da bin ich eitel, wenn ich das so sagen darf. Nun, mein Freund, Sie haben das Denkmal schon bewundert! Sie ahnen somit, wer ihnen gegenübersitzt: Ja, ich bin es!"

„Mein Herr!", bringe ich vor, „wenn wir jetzt an einem einsamen Ort wären und nicht in einem überfüllten Café, so würde ich in einen lauten Jubel ausbrechen: Herr Geheimrat Johann Wolfgang von Goethe sitzt leibhaftig mir gegenüber!"

Mit seinem dezenten Lächeln legt er seine gepflegte Hand auf meine und erwidert: *„Der Charakter ruht auf der Persönlichkeit, nicht auf den Talenten"*.

Ich bin verblüfft und wie benommen. Ein Goethe-Zitat, gesprochen vom Herrn Geheimrat persönlich … und das nur für mich. „Herr Goethe, äh, Verzeihung Herr Geheimrat, ich

habe mich noch nicht vorgestellt, mein Name ist
Joseph Menzel, Joseph mit 'p-h', und ich bin
Rheinländer. Von meinem Vater weiß ich, dass
meine Vorfahren aus Frankreich gekommen
sein sollen.“

Sein Gesicht wirkt belustigt. „Ich nenne Sie
einfach Joseph, wir sind doch Freunde … schon
sehr lange Zeit, nur keiner hat es je gewusst.
Wie ich so erfahren habe, sind die Menschen
heutzutage viel mehr geneigt, sich zu duzen,
was ja zu meiner Zeit ein unmögliches Ding
war. Eigentlich müsste ich Dir mein 'Du'
anbieten.“

„Nein, das kann ich nicht, Sie duzen. Das haben
die Großen Ihrer Zeit auch nie getan, aus
Respekt. Meine Mutter hat mir immer erzählt,
noch sie habe ihre Eltern in der dritten Person
angesprochen. Nein, ich kann Sie wirklich nicht
duzen, das verbietet mir meine Erziehung.“
„Aber ich brauche hier einen Freund, dem ich
vertrauen kann.“
„Okay“, pflichte ich leise bei, „ich sage dann mit
Verlaub einfach 'Herr Wolfgang' zu Ihnen, aber
das Duzen, das dürfen Sie mir nicht
erlauben. …Wie lange ich Sie schon kenne,
Herr Wolfgang. … Schon seit meiner Schulzeit,
aber ich will Ihnen gleich sagen, *Die Leiden des
jungen Werther'* habe ich nie gelesen, nicht
richtig. Doch ich weiß, dass viele junge

Menschen sich zu Ihrer Zeit damals das Leben genommen haben, weil ihnen Ihre Geschichte so zu Herzen ging. Hören Sie Herr Geheimrat, Verzeihung, Wolfgang, ist das Folgende so richtig rezitiert?

'*Alles ist so still um mich her, und so ruhig meine Seele. Ich danke dir, Gott, der du diesen letzten Augenblicken diese Wärme, diese Kraft schenkst.*'"

„Alles stimmt genau, genauso wie ich es geschrieben habe, und dann willst Du den 'Werther' nicht kennen?"
„Ich wünschte", räsoniere ich, „wir wären jetzt an einem anderen Ort und nicht hier in diesem lauten, überfüllten Café."
„Nein hier sind wir richtig", erwidert Goethe, „ich will den Menschen in dieser Stadt ganz nahe sein."
„Oh, mein lieber Herr Wolfgang, dann müssten wir allerdings an einen ganz anderen Ort gehen, ich meine, zum Beispiel in eines der zahlreichen Kölner Brauhäuser, wo es viel rustikaler zugeht als hier in diesem Café."

Eine neue Bedienung kommt an den Tisch, eine hochgewachsene Frau. Sie erklärt mit einem warmen Timbre in der Stimme, ein Wechsel im Service-Bereich habe stattgefunden. Normalerweise werde dann abkassiert, aber in diesem Fall übernehme sie unseren Tisch. Die junge Frau strahlt eine Frische aus, die all ihren Kolleginnen den Rang abnimmt. Allein wie sie spricht, das gefällt meinem Gegenüber. Ob wir noch Wünsche hätten? „Ja, ob wir hier auch ein Glas Wein haben könnten?", möchte Herr Wolfgang wissen. Dann schaut er mich an und fragt: „Du trinkst doch einen Schoppen mit mir?" Mir bleibt nur noch ein rasches Nicken übrig. „Also, wenn Sie haben, dann zwei Glas Mosel bitte", erklärt mein Gegenüber. Er habe immer Mosel-Wein bevorzugt.

Nach einem kurzen Zögern hebt er an, mir zu erzählen, dass er den Kölner Karneval schon vor langer Zeit kennengelernt habe. Er sei im Jahr 1824 bei einem Maskenball im schönen Gürzenich gewesen, auf Einladung des Kölner Karneval-Vereins, der damals neu gegründet worden war. Als Höhepunkt der Sitzung sei der schick anzusehende 'Held Karneval' erschienen, der wie ein Prinz gekleidet war. Er habe eine humorvolle Rede gehalten und ihn, Goethe, dabei als Gast begrüßt. Ihm sei das alles etwas peinlich gewesen, da er ja inkognito reisen wollte.
„Es war ein ausgelassener Mummenschanz, ich habe darübergeschrieben. Was ich aber Dir berichten wollte, bei diesem Fest wurde kein Kölner Bier gereicht."
„Kölsch, so heißt das Bier hier in Köln", füge ich

hinzu.

„Naja, aber ich habe immer Wein bevorzugt, egal wo ich war."

Die hochgewachsene Bedienung stellt uns zwei Gläser Wein auf den Tisch, wünscht „zum Wohl" und verschwindet.

Ich bin überrascht und zeige mich erfreut, dass ein so großer

Meister den Kölner Karneval zu honorieren weiß.

„Ja, mein Freund, ich weiß auch, welche Bedeutung dieses Fest für Euch in dieser Zeit hat, wie groß und ausgelassen es gefeiert wird." Herr Wolfgang hebt das Glas und grüßt „Vivat Köln". Er trinke zudem auf mein Wohl, … denn ich sei ein besonderer Mensch.

Ja, ich muss wohl ein besonderer Mensch sein, wenn ich einem so besonderen Menschen gegenübersitzen darf. Ich schaue mich einmal kurz im Café um. Ich möchte erfahren, ob die anderen Gäste mein Gegenüber auch als besonderen Gast wahrnehmen … ; zum Glück nicht.

„Noch einmal zurück zum Karneval", sage ich.

„Herr Wolfgang, der Ursprung des Kölner Karnevals ist inzwischen dahin, zu laut ist die Musik. Die auf der Bühne auftretenden Gruppen sind alle so … gleichgeschaltet. Man hat das Gefühl, die Personen sind nur ausgetauscht, aber sie machen alle das Gleiche: laut sein.

Ach, ich glaube, ich könnte Sie langweilen,
wenn ich weiter meinen Unmut über diese
Entwicklung darlegen würde. … Aber es gibt im
Karneval auch noch schöne Momente."
„Mein Freund", beruhigt Goethe, „ich kann es eh
nicht nachvollziehen. Doch ich habe den
Eindruck, dass Karneval für Rheinländer, wie
Du einer bist, von großer Bedeutung, ist."

„Herr Wolfgang, lassen wir dieses Thema. Sie
haben damals die Welt, im Gegensatz zu uns
heute, mit anderen Augen betrachtet. Ihre
Gedanken, woher auch immer sie Ihnen
zugeflogen sind, sind so grandios, dass ich, der
das große Glück hat, Sie als meinen Freund zu
haben, nur in Staunen versetzt werde. … Soll
ich Ihnen sagen, dass ich eigentlich eine große
Antipathie Ihnen gegenüber gehegt habe?
Wenn ich bedenke, wie Sie mit den Menschen
in Ihrem Umfeld umgegangen sind. Nehmen wir
Ihren Nachbarn Herrn Schiller. Er hat ja förmlich
um Ihre Person gebuhlt, und es hat lange
gedauert, bis Sie ihm gegenüber Ihre Arroganz
zur Seite gelegt haben, so ist es überliefert."

„Mein Joseph, ja, Freiherr Friedrich von Schiller
hat sich schwer getan mit meiner Reaktion auf
seine Werke, die er mir zur Begutachtung vor
die Haustür gelegt hatte. Er war nicht einfach
als Charakter, mehr krank als gesund, obwohl
er ein ausgewiesener Medicus war. Er liebte

nicht die frische Luft, und das war dann am Ende seines nicht so langen Daseins traurig für ihn."
„Geadelt wurde er ja viel später als Sie, lieber Herr Wolfgang, oder liege ich da falsch?"
„Nein, aber Du weißt ja wohl einiges über meinen Nachbarn. Ich brauche Dir ja nichts mehr zur erzählen."
„Doch bitte, jetzt wird es ja erst richtig spannend … eigentlich auch was Eure Frauen anbetrifft."

„Herr Schiller kam sozusagen als 'Herr Schiller' in unsere Stadt. Erst als der Ruhm ihn beflügelt hatte und die Landesfürsten ihn als Genius anerkannten, waren diese gewillt, ihn in den Adelsstand zu erheben und ein 'Freiherr Friedrich von Schiller' war geboren."
„Und wie war das mit Ihnen, lieber Herr Wolfgang? Die Landesfürsten, behandelten die Sie genauso?"
„Ich war zunächst nur 'Goethe' und wurde schon 1782 in den Adelsstand erhoben. Und mein Herr Schiller erst zwanzig Jahre später, 1802. … Jetzt zu Deiner Frage bezüglich der Frauen mein Joseph. Friedrich hatte ja seine Charlotte von Lengenfeld geehelicht, und sie war dann von Stunde an nicht mehr eine 'von', sondern nur 'Frau Schiller'. Welche Konsequenzen das mit sich brachte, ist nicht auszudenken, mein lieber Joseph, für Deine

Welt nicht nachvollziehbar. Nicht mehr von Adel zu sein, nur einfach mit gnädige Frau angesprochen zu werden, war für Charlotte *von* Lengenfeld eine tiefe Schmach, man verkehrte ja überwiegend in 'besseren' Kreisen."
„Oh, Herr Wolfgang, da muss ich Sie aber angehen, wie war es denn mit Ihrer Christiane, die war ja wohl regelrecht weggesperrt."
„Nein und nochmal nein, Joseph, Christiane Vulpius war von … sagen wir ... andrem Holz. Böse Zungen behaupten, sie sei ungebildet gewesen, sie war aber meine Blume, die ich im Garten gesucht habe, ihr ward mein Gedicht gewidmet:
'*Ich ging im Walde so für mich hin …*' und so weiter. Das ist Dir doch vollends bekannt?"
„Ja, Herr Geheimrat, in meiner Kindheit hat es meine Schwester immer und immer wieder vorgetragen, und ich fand und finde es immer noch schön."
„Christiane", so erläutert mein Freund weiter, „hätte sich im Kreise der Damen der Gesellschaft nicht wohlgefühlt, die in ihren Augen alle dekadent und verlogen waren. Sie hatte nicht unrecht."

„Aber Sie sind doch immer und immer wieder in ihren Kreisen als der Absolute, als Genius gefeierte und ästimiert, also geschätzt worden", bringe ich vor.
„Du nimmst das Wort 'ästimiert' in den Mund,

redet man heute noch so?"

„Nein, mein lieber Herr Goethe, ich kenne es noch von meiner Mutter, sie gebrauchte es sehr häufig."

„Zurück zur Gesellschaft meiner Zeit", bestimmte er, „vergiss nicht, welche Rolle ich in Weimar zu spielen hatte. Ich war 'wer', und man brauchte mich, weil ich auf immer und alles eine Antwort und eine Lösung hatte. Ja, da bin ich sehr selbstbewusst, wenn ich dies von mir behaupte."

„Daran hege ich keinen Zweifel. Aber, mein lieber Herr Wolfgang, noch einmal zu Charlotte von Schiller, wie sie sich dann nennen durfte, endlich wieder im Adelsstand. Dies schien ihr doch wichtig zu sein. Wie haben Sie reagiert, als Charlotte Ihre Christiane 'ein rundes Nichts' nannte und die anderen Damen der sogenannten feinen Gesellschaft ähnlich boshafte Äußerungen von sich gaben. So bezeichnete Bettina von Arnim ihre Christiane als 'eine Blutwurst, die toll geworden' sei. War Ihnen dies alles egal?"

„Joseph, mir wurde dies damals so ja nie zugetragen. Aber ich muss feststellen, dass Du über diese Dinge gut im Bilde bist."

„Reiner Zufall, wirklich reiner Zufall, Herr Wolfgang, ich lese viel, und auch in diese Dinge kann man heute Einblick nehmen. Doch ich merke, dieses Thema berührt Sie nicht

sonderlich. Sie haben sie doch geliebt, oder?"
„Mein Freund, was für eine Frage, sie war
meine Blume, ich gebe zu, ich hätte sie rigoros
in die sogenannte feine Gesellschaft einführen
sollen, aber sie sträubte sich, mit den
Schlangen dort auch nur einen Abend in
Langeweile zu verbringen."
„Das kann ich gut verstehen."
„Joseph, ich sage Dir, sie war häuslich, sie
regelte alles, sie hatte auch Sinn für das
Schöne, für die Kunst, sie liebte Theater und
war oft bei den Aufführungen, die ich inszeniert
hatte."
„Auch für mich ist Theater etwas ganz
Besonderes, Herr Wolfgang, wenn ich das kurz
einflechten darf, aber darüber möchte ich später
reden. … Herr Wolfgang, Sie haben Weimar für
lange Zeit verlassen, um eine wichtige Reise
anzutreten … und Christiane?"
„Christiane hat es mir ermöglicht, dass ich die
Reise sorgenfrei absolvieren konnte. … Aber
Joseph, ganz kurz, was ist Dir am Theater so
wichtig?"
„Ich wollte in meinen jungen Jahren
Schauspieler werden", erzähle ich
nachdenklich, "aber meine Eltern glaubten,
Schauspiel sei brotlose Kunst."
„Ach ja? Wirklich schade! Du wärst ein
wunderbarer Darsteller gewesen. …Doch
zurück zu meiner Reise."
„Moment, mein lieber Herr Wolfgang, ich kenne

genau das Datum ihrer Abreise nach Italien, es war der 3.September 1786. Und Christiane hat ganz massiv gegen Ihre Reisepläne protestiert."

„Joseph, Du bist penetrant, wenn es heißt, die Hände in die Wunden zu legen. Aber Dir sehe ich es nach."

„Weißt Du, eine Frau in der heutigen Zeit hätte anders gehandelt", versuche ich zu erklären.

„Ja, das mag sein", beharrt Goethe, „aber die Frauen heute, auch die - sagen wir - einfachen Frauen sind emanzipiert, wie ihr zu sagen pflegt."

„Es gibt keine 'einfachen Frauen' in unserer Gesellschaft. Die Frauen bei uns sind laut Gesetz alle gleich."

„Aha, Joseph, Du bist verheiratet, wie ich an Deinem Ring sehe, ist sie emanzipiert? Hat sie einen Beruf?"

„Der Ring ist kein Indiz dafür, dass man verbandelt ist, aber ich bin es. Sie hat einen Beruf, sie arbeitet als freie Dolmetscherin, übersetzt ins Englische und wird oft gebucht bei Veranstaltungen, die mit Reisen zu tun haben. Übrigens, wir reisen gern und viel."

„So einen wie Dich hätte ich mir zu meiner Zeit gern als Gesprächspartner ins Haus geholt ... und auch meine Christiane hätte ihre wahre Freude daran gehabt, wie Du über sie denkst und sie hübsch redest."

„Wenn ich so lese, was sie alles ertragen musste, … auch bei Ihnen, so muss sie doch

mein volles Wohlwollen erfahren", tadele ich.
„Du gehst streng mit mir um, aber es ist
erfrischend, wie Du es vorträgst, Du hast die
Gabe des Wortes."
„Danke Herr Geheimrat", wenn es einer
beurteilen kann, dann Sie."
Die hochgewachsene Bedienung mit der
warmen Stimme bleibt kurz am Tisch stehen
und fragt noch einmal, ob alles gut sei oder ob
die Herren noch einen Wunsch hätten. Auf
unsere zögerliche Reaktion hin geht sie dezent
weiter. Ich schaue auf die Uhr und muss
feststellen, dass die Zeit schnell dahingerauscht
ist. Ich habe schon vergessen, warum ich
eigentlich hier in diesem Café gelandet bin.
Mein Gegenüber bleibt gelassen, zeigt keine
Spur von Aufbruch, oder dass ihn ein Termin
zum Abbruch unseres Gespräches führen
könnte. Aus seinem Blick lese ich aber ein
gewisses Verständnis für meine Unruhe heraus.
Er hätte sicherlich nichts dagegen, wenn ich
jetzt den Ort verlassen müsste, aus welchem
Grund auch immer. Ich habe ihm ja nicht von
meinem ursprünglichen Plan erzählt, hier nur
ganz kurz zu verweilen, um dann in der Stadt
eine Besorgung zu machen. Aber der Umstand,
einer Persönlichkeit von seinem Kaliber zu
begegnen, lässt mich Raum und Zeit
vergessen.

Goethe nimmt den Gesprächsfaden wieder auf,

als er merkt, dass ich gar keine Eile habe.
„Du sagst, ihr reist gern und viel. Ich vermute,
Du machst dies gemeinsam mit Deiner Frau, …
wie heißt sie eigentlich?“
„Anna-Katarin“, antworte ich schnell.
„Sie ist Deutsche?“, erkundigt er sich. Ich nicke.

„Dass Ihr Italien schon bereist habt, davon gehe
ich aus. Die Zeiten haben sich seit meiner viel
beachteten Reise dorthin gewandelt. Italien ist
ein Land, das mich in jeglicher Form inspiriert
hat; zu meinen Aufzeichnungen und zu meinem
Interesse an der Kunst. Viele Skulpturen und
andere Kunstgegenstände haben ja in meinem
Haus in Weimar ihre neue Heimat gefunden.“
„Herr Wolfgang, ich habe diese Artefakte dort
bewundern dürfen und finde sie wunderschön.“
„Dass Du in Weimar in meinem Zuhause warst,
habe ich erwartet.“
„Ja“, bestätige ich, „auf unseren Reisen haben
wir auch Italien besucht, an verschiedenen
Stellen, aber besonders möchte ich Sizilien
hervorheben, eine Insel voller Charme und
Vielfalt, ein Juwel.“
„Genauso habe ich damals dieses Eiland
betrachtet, ich befand mich in einer völlig
fremden Welt. … Joseph, wenn Du mit Deiner
Anna-Katarin ein Land besuchst, was ist Dir
dabei wichtig?“
„Oh, mein Herr Goethe, was eine Frage, der
Mensch steht im Mittelpunkt und alles, was

Landschaft, Kultur und Natur zu bieten haben.
Es gibt so viel zu entdecken, auch die Musik der
Regionen spielt eine große Rolle. Es ist einfach
wunderbar, so zu reisen. Unsere ganz große
Liebe gilt dem Land der Hellenen."
„Joseph, wenn ich so wie Du, so komfortabel
gereist wäre, hätte ich das Land der Hellenen
auch erleben können."
„Lieber Herr Wolfgang, ich nenne Ihren
Vornamen wirklich mit Respekt, aber Sizilien hat
Ihnen Griechenland schon sehr nahegebracht.
Ich selbst habe in Griechenland nicht so gut
erhaltene Tempel bewundern dürfen, wie ich sie
auf der Insel des ewigen Frühlings gesehen
habe. So, wie Sie Sizilien beschrieben haben,
sind Sie doch für die ausgebliebene Reise zu
den Hellenen entschädigt. In der *Iphigenie*
sagen Sie: '*Das Land der Griechen mit der
Seele suchen'*, Sie hätten es sicherlich gern in
Augenschein nehmen wollen, aber was die
antiken Baudenkmäler Ihnen auf Sizilien
geboten haben, entschädigt doch für alles."

„Mein lieber Joseph, Du bist mit so vielen
Zitaten von mir vertraut, ich bin überrascht."
„Herr Geheimrat, es gibt auch heute noch so
viele bekannte Zitate und geflügelte Worte von
Ihnen. Deshalb seien Sie nicht überrascht:
Jeder, der so wie ich, Sie erleben könnte,
würde, um Ihnen zu imponieren, nur so mit
Zitaten um sich schmeißen. Mir fallen diese

eben in dem jeweiligen Zusammenhang ein, wenn wir darüber reden. … Herr Goethe, wir sind nun schon eine gute, lange Zeit im Gespräch. Letztendlich weiß ich ja gar nicht, was Ihr Ziel bei dieser mysteriösen Reise in unsere Zeit war oder ist; und warum Sie hier in Köln gelandet sind, zufällig?"

„Joseph, ich habe Zeit, unendlich viel Zeit, aber Du bist einer, der noch in dieser Wirklichkeit lebt. Ich muss Dich fragen: Nehme ich nicht Deine Zeit in Anspruch? Ich bin nur gekommen, weil mich die Veranstaltung 'Lit. Cologne' als Idee so angesprochen hat; dass es noch die Möglichkeit gibt, über die schönen Dinge, wie in diesem Fall die Literatur, zu reden, zu diskutieren und sie für die Zukunft zu sichern. Ich kann nur wiederholen: Ich bin sicher, das Buch wird auch weiterhin seinen Platz behaupten!"

„Herr Wolfgang, Himmels Schade, dass offenbar nur ich? … von Ihnen persönlich erfahren darf, wie Sie die Zukunft in der Bücherwelt voraussagen. Meinen tiefen Dank von meiner Seite.

Wenn ich jetzt an die Öffentlichkeit gehe und allen Interessierten erzähle: 'Ich habe mit Johann Wolfgang von Goethe gesprochen und er hat mir folgendes gesagt ...'; man würde aufhorchen, mich lange anschauen und mich dann fragen, 'es geht dir doch noch gut oder?' Wie kann ich damit fertig werden, einem

Menschen von derartiger Bedeutung begegnet zu sein, der in der Geschichtsschreibung einen so hohen Stellenwert errungen hat?"
„Ganz einfach" antwortet er, „behalte es für Dich und schreibe es später auf. Ich habe Dir ja eingangs gesagt: Schreibe, dann erst werden Deine Freunde und alle, die Dich mögen, verstehen, was hier und jetzt geschieht. Joseph, Du musst mir glauben, auch für mich ist es eine große Freude, dass Du, nur Du mir den Weg gequert hast."

Mit einem Blick ins Café muss ich feststellen, die Tische haben sich geleert. Die Bedienung beginnt schon, die Tischtücher von den Tischen zu ziehen und neue aufzulegen. Mein Gegenüber hat jetzt ebenfalls die Leere im Café bemerkt. Er greift in seine Jackentasche und zieht eine wunderschöne Uhr mit einer Goldkette heraus. Ich bin davon sehr beeindruckt, ebenfalls von seiner Erklärung: „Ein Geschenk einer innigen Freundin, Charlotte von Stein, Dir wohl sicher ein Begriff, wenn Du schon so viel von mir erfahren hast?" Ich nicke wieder, obwohl ich leise Zweifel spüre. „Doch über sie möchte ich gern ein andermal berichten. … Mein lieber Joseph, ich werde Dich jetzt, hier und heute verlassen, aber wir sehen uns wieder. Nimm Dir Zeit … und halte Dir auch den kommenden Mittwoch frei; gleicher Tisch, gleiche Zeit, ich komme. Und noch etwas, kein Wort, dass Du mich gesehen, geschweige getroffen hast. Ich möchte nicht, dass Du zum Gespött wirst. Diese Begegnung wirst Du dann später niederschreiben, da bin ich mir sicher, weil ich es mir so wünsche."

Er steht auf, gibt mir die Hand, sieht mich an und lächelt. „Ich schaue jetzt mal schnell in eure Philharmonie um zu horchen, was man bei der dort gerade stattfindenden Veranstaltung der 'Lit. Cologne' so über die neusten literarischen Werke zu sagen hat, mein Freund. Bis bald!" Er nimmt seinen Mantel, setzt seinen Hut auf, und in diesem Augenblick ist er, Johann Wolfgang von Goethe, verschwunden, einfach weg.

Ich stehe wie trunken auf und bin im Begriff, 'zahlen' zu rufen, aber da kommt bereits die hochgewachsene Dame mit der warmen Stimme. „Der Herr hat schon alles erledigt" sagt sie. Als ich auf der sonst so belebten Einkaufsstraße stehe und mich umschaue, bemerkte ich, wie menschenleer alles inzwischen ist. Wie lange habe ich dort gesessen? Eine kleine Ewigkeit? Bin ich wirklich im Hier und Heute? Mir wird ganz komisch. Ich habe fast vergessen, warum ich in die Stadt gefahren bin. Ursprünglich wollte ich versuchen, Karten für ein Konzert in der Philharmonie zu kaufen, aber mit Blick auf die

Uhr kann ich dies jetzt vergessen. Über mein Handy rufe ich unsere Telefonnummer zuhause an, um meiner Anna-Katarin meine baldige Heimkehr anzukündigen.

Ich bin so vollgeladen mit allem, was sich in den letzten Stunden um mich herum ereignet hat und muss es einem Menschen ja mitteilen, obwohl Goethe mich ja ermahnt hat, es niemandem zu erzählen. Ich bin überzeugt, sie hört mir zu, ob sie es glaubt was ich erlebt habe, ist eine andere Sache. Umgekehrt würde ich mit Sicherheit auch so reagieren. Aber sie geht nicht an das Telefon und, wie mir wieder einfällt, meine Anna-Katarin hat ja einen Termin am Flughafen. Sie muss einem Opernsänger aus Kolumbien, der einem Fernsehsender ein Interview geben soll, als Übersetzer zur Seite stehen. Also muss meine Goethe-Geschichte noch warten.

In den nächsten Tagen sind meine Erlebnisse natürlich das beherrschende Thema bei uns zuhause. Meine Anna-Katarin rät mir zur Zurückhaltung und meint, ich solle lieber in die reale Welt zurückkehren, was mich ein bisschen verärgert. Ich habe den Eindruck, sie nimmt meine *Begegnung* mit Herrn Johann Wolfgang von Goethe nicht ernst. Doch wer will es ihr verdenken?

In den folgenden Tagen versuche ich natürlich, mich in
Sachen Goethe 'schlau' zu machen. Im Internet stöbere ich, um auf die Schnelle noch mehr über meinen neuen Freund zu erfahren. Ich verschiebe sogar Termine oder sage sie ab, aber ohne jegliche Begründung warum. Ich hoffe ja nicht, dass dieses Treffen mit diesem großen Mann der Geschichte meine Leben nachhaltig verändern wird …, oder muss ich jetzt Angst haben, dass dies geschehen könnte? Ich habe ja Freunde, gute Freunde, die mir immer gern zuhören, wenn ich erzähle. Aber ich darf das ja noch nicht. Und alles für mich zu behalten, ist nicht einfach! Wer mich kennt wird dem sofort zustimmen. Von meiner Anna-Katarin weiß ich, dass sie schweigen kann. Sie verliert eh nicht viele Worte, oh ja, da sind wir wie Wasser und Feuer.

Bei Licht besehen habe ich schon vor dem bevorstehenden Mittwoch ein bisschen Schiss, ich weiß selbst nicht warum. Doch warum muss gerade ich derjenige sein, der so einem wie Herrn Goethe begegnet? Um ganz ehrlich zu sein, ich habe mich in meinem Leben nie so richtig für die Person und das Thema Goethe interessiert. Ich weiß eher das, was man wissen sollte, wenn man nicht so ganz hinter dem Berg haust.

Irgendwie wird mir Goethes Vertrautheit mir gegenüber, mir das 'Du' sofort anzubieten, erst jetzt richtig bewusst. Ich bin überzeugt, in seiner Welt und zu seiner Zeit hätte er niemals eine solche Situation zugelassen. Er war doch eine respektable Persönlichkeit, und dieser Umstand macht mich jetzt wieder etwas unsicher. Wie soll ich mich künftig im Umgang mit meinem neuen Freund verhalten? … Nun. wie dem auch sei, ich möchte ihn wiedersehen, und wir werden dann miteinander reden. Bei dem ersten Treffen habe ich ihn mir schließlich nicht ausgesucht, er war einfach da. Andere Zeitgenossen würden geradezu in Ekstase geraten, einer solchen Persönlichkeit begegnet zu sein und eventuell einen Medienrummel erzeugen, wie es heute so üblich ist. Ich aber fühle mich ihm gegenüber verpflichtet, die erbetene Diskretion zu wahren.

Kapitel 2

An jedem Mittwoch

2

Wieder Mittwoch, dasselbe Café, derselbe Tisch, mein Freund sitzt schon da auf seinem Platz, der Tisch ist also schon fest in seiner Hand. Er steht auf, schüttelte mir lange die Hand und lächelt; wie er es auch vor einer Woche zu tun pflegte, wenn er Zufriedenheit kundtat.

„Du bist pünktlich, mein Freund", stellt er zufrieden fest. Goethe streckt seine große Hand aus, als Zeichen, dass ich Platz nehmen soll. Ich setze mich hin und schaue zugleich in den großen Raum. Heute ist es ruhiger, deutlich weniger Menschen haben sich zur Kaffeezeit eingefunden.

Die große Bedienung vom vergangenen Mittwoch, die mit der warmen Stimme, hat uns schon fixiert und kommt gelassenen Schrittes auf unseren Tisch zu.

„Haben die Herren sich schon entschieden?"

„Mein Herr Goethe bestellt mal wieder Kaffee, ich wieder 'English Tea' mit Milch. Ich will gerade ansetzen und meinem Freund die auf der Karte angebotenen Kaffeespezialitäten erläutern, da hebt er die Hand und erwidert: „Ich weiß, was es heute so alles gibt, aber ich bleibe dabei: nur Kaffee. Zu meiner Zeit war Kaffee

schon etwas Besonderes. Wir tranken Kaffee und keinen Schnickschnack, wie ich dies jetzt immer wieder beobachte:
Kaffee mit diesem oder jenem Zusatz, Kaffee ohne … , was soll das? Kaffee muss heiß und süß sein, basta.“
Die Bedienung bringt uns die Getränke. Ich hätte ja nie gedacht, dass mein Freund, der Herr Goethe, so ein Getue wegen eines Kaffees machen kann. Man kann ahnen, dass er noch bei ganz anderen Dingen sehr pingelig sein kann … oder konnte. Mir kommt die Szene zum Abschied in der vergangenen Woche in den Sinn. „Ihre wunderschöne Taschenuhr, die ich in Augenschein nehmen konnte, war ja, wie Sie sagten, ein besonderes Geschenk von einer besonderen Dame. Und Sie, mein verehrter Herr Wolfgang, haben mir gesagt, dass wir über diese Dame, die - soweit ich weiß - eine große Rolle in Ihrem Leben gespielt hat, noch sprechen sollten. Deshalb die Frage: „Wer war Charlotte von Stein?“
„Mein lieber Joseph, soll dies eine Fangfrage sein? Ja, sie war eine ganz besondere Person. Ich habe sie geliebt … was man so unter 'geliebt' zu verstehen hat. Sie war eine Bereicherung in meinem Umfeld, sie hat meine Phantasie beflügelt, ihre Gegenwart war mir immer wie eine Morgensonne, die mich mit Wärme erfüllte.“
„Aber was war mit Christiane Vulpius?“, frage

ich erstaunt. „Sie war doch fast immer präsent und Teil Ihres Lebens."

„Joseph, Du willst jetzt wissen, ob die beiden Frauen sich mochten", doziert mein Gegenüber. „Sie waren beide diplomatisch und haben es verstanden, sich nicht so oft in die Quere zu kommen."

„Ihr Haus, Herr Goethe, in Weimar am Frauenplan war groß genug, aber wiederum kein Palast. Wie ging das mit den beiden gut, offenbar doch über eine lange Zeit."

„Für mich waren die Besuche von Charlotte von Stein ein wichtiger Punkt in meinem Leben."

„Verzeihen Sie", unterbreche ich, „wenn ich etwas ins Detail gehe, aber war es nicht mehr als eine Freundschaft?"

„Mein lieber Joseph, muss ich auf alles eingehen, was man so über mich schreibt oder gesagt hat? Ich war ja einer, der im Glashaus saß."

„Gut", gestehe ich ihm zu, „Frau von Stein war eine faszinierende Erscheinung, das steht außer Frage. Sie war klug, eine Frau 'von Welt' und auf allen Gebieten bewandert, für mich eine ideale Gesprächspartnerin."

„… Aber auch boshaft und arrogant lieber Herr Wolfgang", unterbreche ich. „Wie sie über Ihre Christiane redete und dachte… , etwa so: *'Sie ist ja nicht gerade schön und auch nicht von ausgezeichnetem Verstande'.* So redete diese Frau von Stand über Ihre Christiane. Das macht

mir diese Person sehr, sehr unsympathisch."
Während ich im Begriff bin, mich in Rage zu
reden über die im Grunde doch sehr geschätzte
Frau von Stein, kommt eine Frau von einem der
Nachbartische zu uns und fragt mit schönem,
rheinischen Unterton, ob sie den leeren Stuhl
an unserem Tisch haben könne. Gleich treffe
sie sich noch mit vier Frauen, ihren
Freundinnen. Sie kämen „vom Friedhof direkt
hier in et Café. Ich han Sie letzten Mittwoch
auch schon hier jesehen. Ist schön hier, ne?
Und vielen Dank für de Stuhl."
Mein Gegenüber sah der alten Frau versonnen
nach und meinte, diese Art der Kommunikation
sei doch sicher eine rheinische oder zumindest
in Köln verbreitete Möglichkeit, mit Menschen
ins Gespräch zu kommen. Er fügte hinzu, er
finde es schön und sehr entspannt, wie man
hier miteinander den Umgang pflege. Ich konnte
dies nur unterstreichen und erklärte meinem
Freund, ich sei darauf sehr stolz.
„Zu meiner Zeit und zumal in Weimar habe ich
solche Verhaltensweise nie beobachtet."
„Herr Wolfgang, das ist doch kein Wunder. Ihr
seid ja auch nie unter das Volk gegangen, um
zu erleben, wie der einfache Bürger sich so
gab."
„Naja, lassen wir dies jetzt", beschwichtigt er.
„Uns waren damals Grenzen gesetzt."
„Ja, ich weiß, lieber Herr Wolfgang, das Volk
hatte zu dienen."

„Kann es sein, dass Du zur Boshaftigkeit neigst, mein lieber Joseph?“

„Nein, nein bleiben wir gelassen und kehren wieder zurück ins alte Weimar, mein verehrter Herr Geheimrat. Ich hatte einmal das Vergnügen, im Kölner Schauspielhaus eine hervorragende Aufführung zu erleben, bei der Charlotte von Stein in einer Solodarstellung die Bühne beherrschte. Es war '*ein Gespräch im Hause Stein über den abwesenden Herrn von Goethe'*, geschrieben von einem gewissen Peter Hacks.

In dem Stück heißt es, ganz Weimar erhebe Vorwürfe gegen Frau von Stein, sie sei schuldig, dass Wolfgang von Goethe fluchtartig seine Reise nach Italien angetreten habe. Eingebettet war dies in einen Monolog, den Charlotte an ihren Mann, Freiherr von Stein, gerichtet hatte, der als Schaufensterpuppe in einem großen Sessel in der Ecke der Bühne saß. Es war eine große Leistung von der Darstellerin, fast zweieinhalb Stunden über das Verschwinden eines geliebten Freundes zu reden, fast einer Trauerrede gleich. Charlotte muss Sie wahrlich geliebt haben.“

„Ich bin gerührt, wie Du dies vorträgst, mein lieber Joseph. Ja, so mag es gewesen sein. Aber Charlotte trägt keine Schuld an meiner Abreise. Ich wollte das Land erleben, wo all die Großen der Musik, Malerei und Literatur ihre Inspirationen bekommen haben. Auch mich hat es in den Bann gezogen. Wenn ich so überlege, es gab nichts, was ich mit Italien vergleichen könnte."

„Gut, aber wenn sie heute in der *Jetztzeit* gelebt hätten, was wäre dann anders, angesichts der vielen Möglichkeiten, schnell von einem Ort zum anderen zu gelangen, zum Beispiel nach England?" Bei dem Wort *Jetztzeit* wende ich mich einmal kurz zum Nachbartisch, ob jemand einen Verdacht schöpft, wer hier zugegen ist. Doch der Herr am Nebentisch schaut versonnen auf sein Stachelbeertörtchen mit Baiser und genießt.

„Joseph", erwidert Goethe, „für mich wäre England kein Thema. Ich habe mich über 50 Jahre lang mit der Sprache und der Literatur beschäftigt. Nur, ich habe Britannien nicht besucht, habe ich etwas verpasst?"

Ich bleibe ihm die Antwort schuldig. „Herr Wolfgang, nochmal zurück zu Frau Stein und ihrer Äußerung, sie bedauere Ihre Abwesenheit, Herr Geheimrat. Ich bin mir sicher, Frau Stein wollte auf ihre Art die Aufmerksamkeit ganz auf sich ziehen, etwa, wenn sie in dem Theaterstück sagt: '*Welche Rolle habe ich bei Herrn Geheimrat Johann Wolfgang von Goethe, wie nahe ich im war, wie keiner in ganz Weimar.*'"

„Das kann sein, Joseph, Du magst Recht haben. Aber Du und alle anderen Zeitgenossen von Dir sehen doch in Charlotte von Stein eine

arrogante und für die Umgebung unnahbare Person, nicht wahr? Weißt Du, sie war lange Zeit als Hofdame bei der Herzogin Anna Amalia tätig. Eine solche Stellung prägt natürlich einen Menschen. Aber diese Erfahrung in Deine Zeit zu übertragen, ist mir schier unmöglich. Ich erlebe es ja jetzt, wie frei ihr wirklich seid. Es schreibt euch keiner vor, wie ihr zu denken habt und wie ihr, damit meine ich Deine Zeitgenossen, euren Weg zu gehen habt."
„Herr Wolfgang", protestiere ich, „das Wort *'Genosse'* höre ich nicht gern, auch wenn es heute eine ganz seriöse Anrede in mehreren großen politischen Parteien ist. Wissen Sie, Weimar, ihr Weimar, lag lange Zeit in einem Gebiet, in einer 'Zone', wo alle Bewohner als *'Genossen'* bezeichnet wurden. Dabei konnten sie nicht entscheiden, wo es langging. Sie waren in ihrer Freiheit so eingeschränkt, dass sie nicht dorthin reisen konnten, wohin sie wollten. Aber ich möchte jetzt nicht über diese Dinge reden, auch weil ich in all den Jahren nie dort war, als es nicht so einfach war, nach Weimar zu Reisen."
Plötzlich steht die alte Frau mit dem rheinischen Zungenschlag wieder vor uns. „Och, da bin ich wieder, ich will nit stören, sie sind eh so schön am Verzälle, dat siet man. Ich bringe nur de Stuhl zurück, uns Freundin scheint auf dem Friedhof kleben geblieben zu sein, danke für de Stuhl, un ne schöne Tag noch."

Mein Herr Wolfgang ist ganz fasziniert von der alten Dame mit ihrem rheinischen Charme. Er verfolgt ihren Weg wieder zurück an ihren Tisch, wo sich inzwischen mehrere Frauen niedergelassen haben.

„Einfach köstlich, herrlich diese kleine Person. Man scheint hier in Richtung Kontaktaufnahme keine Hemmungen zu haben."

„Warum auch?", frage ich und erläutere, „der Rheinländer ist ein ganz besonderer Menschenschlag. Er hat, wie mir scheint, auch zu Ihren Lebzeiten der Obrigkeit immer die Stirn geboten … und ist gut damit gefahren."

Die Bedienung, die Frau mit der warmen Stimme, kommt wieder an unseren Tisch und fragt, ob wir noch einen Wunsch hätten. Mein Freund Herr Wolfgang meint, der Herr am Nebentisch habe so einen interessanten Kuchen verspeist. Solch einen hätte er auch gern.

„Sie meinen 'Stachelbeertörtchen mit Baiser', sehr gern, das bringe ich Ihnen."

„Keinen Sandkuchen? … Herr Goethe!", bringe ich hervor und schau ihn schräg von der Seite an.

„Nein, keinen Sandkuchen, mein lieber Joseph. Aber warum bist Du so spitz?"

„War nicht so gemeint", bedauere ich. „Ich möchte noch einmal auf die Zeit zurückkommen, die noch gar nicht so lange zurückliegt, als Weimar und auch andere Städte

wie Dresden und Leipzig in einem Teil
Deutschlands lagen, der von uns aus nicht so
einfach zu bereisen war. Unser Deutschland
war geteilt. Es gab ein freies Deutschland, in
dem ich groß geworden bin und ein
Deutschland, in dem die Menschen hinter
Mauer und Stacheldraht leben mussten. Sie
konnten ihre Meinung nicht frei äußern. So war
es etwa verboten, das Lied von Hoffmann von
Fallersleben zu singen *'Die Gedanken sind frei,
wer kann sie erraten'*. Für uns hier im freien
Deutschland war es nicht gerade eine
Nationalhymne, aber doch sehr wichtig. Und
Sie, mein Freund, wurden als großer
Dichterfürst auch von den Herrschern in jenem
Teil Deutschlands - das Land nannte sich DDR -
für eigene Zwecke eingesetzt. So wurden Sie
dort auf einem 20-Mark-Schein abgebildet."
„War es so verwerflich, mein lieber Joseph,
dass man sich meiner Person auch dort
annahm? Weimar lag nun mal im, von Dir
ausgesehen, anderen Teil Deutschlands. Auch
diesen Menschen sollten doch meine Werke
zugänglich sein. Kunst, zumal die
geschriebene, muss doch ein weites Feld
bedienen. Ich freue mich, dass die Menschen
meine Werke erleben durften. Somit kam in ihre
Gedanken vielleicht ein bisschen Freiheit, … die
ja in Deiner Vorstellung nur in Deinem
Deutschland möglich war."
„Verzeihung", mein lieber Herr Wolfgang, „ich

wollte wirklich nicht so weit gehen, wir sind vom
Pfad abgekommen."
„Nein, Joseph, ich bin an allem sehr interessiert,
was in der der deutschen Geschichte ohne mich
geschehen ist. Lass uns auch darüber reden."

„Herr Wolfgang, ich bin kein Historiker, der bis
die geschichtlichen Ereignisse im Detail und
präzise wiedergeben könnte. Mein lieber
Geheimrat Wolfgang, Deutschland hat noch viel
Schlimmeres erleben müssen. Es gab zwei
Kriege von gewaltiger Dimension, die
Deutschland zu verantworten hatte und es gab -
weit darüber hinaus - Grausamkeiten, wie sie
die Welt noch nicht gesehen hatte. Unser 'Land
der Dichter und Denker' ermordete
systematisch und auf besonders abscheuliche
Weise mindestens sechs Millionen Menschen,
vor allem Juden, aber auch Angehörige anderer
Minderheiten und politisch Andersdenkende.
Warum? Die Machthaber mochten sie nicht,
verrückt! Diese und weitere Grausamkeiten sind
in einfachen Worten nicht zu beschreiben. Auch
die dafür verantwortlichen Machthaber im
sogenannten Dritten Reich haben Ihre Person,
lieber Johann Wolfgang von Goethe, für ihre
Zwecke missbraucht. Ihr Name wurde
propagandistisch genutzt."

„Du sagtest, mein lieber Joseph, du seist kein
Historiker, aber du scheinst gut über diese

Dinge, die da geschehen sind, im Bilde zu sein. Ich habe zu meiner Zeit viele Kriege erleben müssen, die Deine Generation als Scharmützel bezeichnen würde. Alle Kriege und die damit zusammenhängenden Gewalttätigkeiten sind grausam und zu verdammen!"
„Mit Worten lässt sich so etwas leichte fordern, Herr Wolfgang, aber solange ich lebe, hat es noch kein Jahr geben, in dem auf unserem Globus nicht irgendwo Krieg geführt wurde und wird. Einige werden sogar 'Glaubenskriege' genannt. Wir erfahren jetzt immer mehr über all diese furchtbaren Dinge. Die Welt ist scheinbar kleiner geworden, die Menschen sind scheinbar näher aneinandergerückt durch die Möglichkeiten der schnellen Nachrichtenübermittlung in Schrift, gesprochenem Wort und Bild - auch in bewegter Form. Geht etwa im Irak eine Bombe hoch und 180 Menschen werden damit auf einen Schlag ermordet, erfahren wir dies in Minutenschnelle. Und was mich so traurig macht, Herr Wolfgang: Die Menschen nehmen es gelassen hin! Kein Wunder, es gibt zu viele dramatische Ereignisse, die täglich auf uns einprasseln."

„Meine Herren, ist alles gut?", unterbricht die Bedienung, „oder haben sie noch einen Wunsch?" Ihre warme Stimme tut gut angesichts so furchtbarer Themen. Johann

Wolfgang von Goethe reckt seine große Gestalt, schaut die hochgewachsene Bedienung an und bittet um zwei Gläser Mosel-Wein, ohne mich zu fragen, ob ich auch heute einen Schoppen mittrinken wolle, ich muss.

Mittlerweile hat sich der Tisch mit den netten Kölschen Damen erhoben, um das Café zu verlassen. Die alte, kleine Frau, die nach dem Stuhl gefragt hat, kommt nochmals an unseren Tisch und sagt: „Mir sind dann eh mal weg. Vielleicht sehe ich Sie ja wieder, sie machen beide so einen sympathischen Eindruck. Ich hab' sie beobachtet, sind sicher wat besonderes, macht et jut."
Die netten Kölschen Damen entschwinden durchs Café. Der Mosel-Wein wird kredenzt, und Herr Goethe hebt das Glas und beteuerte noch einmal, ich sei für ihn ein Geschenk. Ich befürchte, ich errötete, soviel Ehrfurcht habe ich vor einer solchen Persönlichkeit.
„Gibt es viele von denen in Deiner Stadt?" Ich stutze, „meinen sie diese Frauen?"
„Ja", sagte Goethe.
„Ich glaube, sie sind eine aussterbende Spezies", antworte ich. „Die neue Generation ist anders gepolt."
„Was heißt 'anders gepolt'?"
„'Gepolt', ein blödes neues Wort. Es soll einfach ausdrücken, dass jemand anders ist. Die neue Generation in dieser Stadt", versuche ich zu

erklären, „sind Menschen, die eigentlich sehr
offen sind. Köln ist eine tolerante Stadt, das
beweisen viele Veranstaltungen die im
Jahreskreislauf in dieser Stadt zu erleben sind.
Aber in einigen Jahren, wenn eine Spezies wie
diese alten Damen, die sie gerade erlebt haben,
nicht mehr auf der Welt ist, würde ich sagen,
wird diese Stadt schon ärmer. … Aber wir sind
unterbrochen worden, als wir über Kriege und
andere Gräueltaten gesprochen haben, die ja
ein Jeder von uns auf irgendeine Art und Weise
erleben musste.“
„Du hast den Krieg erleben müssen?“, fragt
Goethe.“ Wie alt warst Du, als der furchtbare
Krieg, wie Du gesagt hast, toste?“
„Ich war fünf Jahre jung, als der Krieg zu Ende
war, aber, mein lieber Herr Wolfgang, lassen
Sie uns über andere Dinge reden. Die Welt ist
ja so vielfältig und bunt, und keiner konnte so
schön über diese Dinge schreiben wie Sie, Herr
Goethe.“
„Jetzt fängst Du an zu schleimen, mein lieber
Joseph, das hast du doch gar nicht nötig.“
„Verzeihung, das war nicht meine Absicht“,
antworte ich etwas pikiert.
„Aber lieber Joseph, ich möchte mehr über
Deine Art des Reisens erfahren, wie Du mit
Deiner Anna-Katarin - so heißt Deine Frau
doch? - die Reisen gestaltest.“
„Ja gern. Meine Frau ist eine Planerin, alle
unsere Reisen rund um den Globus haben wir

überwiegend in eigener Regie durchgeführt, das macht das Reisen viel spannender. Es ist heute möglich, dass ein Jeder eine Fernreise machen kann, wenn das Geld dazu vorhanden ist. Die Menschen erfahren auf diesem Wege zum Beispiel die Besonderheiten der Religionen, die Vielfalt der Landschaften und andere Sprachen. Viele können eine Fremdsprache und sind damit im Vorteil, mit den Menschen unterwegs zu kommunizieren. So werden Vorurteile abgebaut, die man vorher im Geiste aufgebaut hatte. Aber der größte Teil derer, die eine Reise machen, … lassen planen. Ihnen wird von Reiseveranstaltern und in Reisebüros alles abgenommen. Sie brauchen sich im Grunde um nichts zu kümmern … und alles ist dann so wie zu Ihrer Zeit.“

„Wie soll ich das verstehen, Joseph, 'alles ist wie zur meiner Zeit'?“

„Also, die Gäste werden ins Hotel gebracht, das Gepäck auf das Zimmer und das Essen wird ihnen serviert, so wie einst zu Ihrer Zeit, als es an Dienern nicht mangelte. Und die Reisenden sind ganz einfache Bürger, die diesen komfortablen Umstand genießen.“

„Ja, Du magst Recht haben, lieber Joseph, die Kluft zwischen Bürgern und dem Adel war enorm, sozusagen eine weite Schere, aber das Volk wusste es nicht anders.“

„Ja, Herr Wolfgang, das Volk musste dienen und sich fast in den Staub begeben, wenn einer

von hohem Stande den Weg kreuzte."
„Nun, mein lieber Joseph, jetzt wirst Du aber
zum Volkstribun. Diese Seite ist ja wohl neu,
oder?"
„Es war nicht so gemeint", beschwichtige ich,
„aber ein Körnchen Wahres ist wohl daran. Herr
Wolfgang, die Welt ist in unserer Wahrnehmung
kleiner geworden. Man nennt es heute 'die
Globalisierung', ein schweres Wort. Ich stelle
mir vor, wie zu Ihrer Zeit das Reisen allein
schon nach Italien sehr beschwerlich war.
Heute ist man, wenn man das Flugzeug
benutzt, in gut zwei Stunden in der 'Ewigen
Stadt', ... und Rom liegt ihnen zu Füßen, ist das
nicht wunderbar!?"
„Ja und nein, ich habe zu meiner Zeit dies nicht
als beschwerlich angesehen, im Gegenteil, ich
hatte ja viel Zeit und habe auf dem Weg in den
Süden viele Gelegenheiten genutzt, um Dinge
zu erleben, die ich bis dahin nur aus
Erzählungen kannte."
„Herr Goethe, wie ich aus schlauen Schriften
erfahren habe, sind Sie damals unter falschem
Namen gereist, warum?"
„Ganz einfach, mein lieber Joseph, ich wollte
meine Ruhe haben, und diese Erfahrung war
wohltuend. Ich war dann einfach ein Reisender,
der nur das Ziel hatte, seinen Traum zu erfüllen.
Ich wollte Italien genießen und all das Schöne
in mich aufsaugen, das mir geboten wurde: Die
Antike, die Städte im prallen Sonnenlicht, die

Menschen, die ausgelassener als bei mir zuhause feierten. Die Fröhlichkeit war so ansteckend, Joseph. Ich war einfach ein glücklicher Mensch, Du musst es doch nachempfinden können, Du reist doch auch als Individuum."

„Ja, Herr Wolfgang, das sind genau die Dinge, die wir - also meine Frau und ich - als Individualreisende erleben. Allerdings, wir müssen uns um viele Sachen selbst kümmern. Das beginnt bei der Planung, wie wir Reisen, und geht bis hin zum Quartier vor Ort. Es gibt auch eine andere Möglichkeit zu reisen: Man 'lässt reisen'. Damit meine ich, dass die meisten Mitmenschen alles aus der Hand geben: Andere planen für sie die Reise bis ins kleinste Detail. Herr Wolfgang, es gibt große Büros, deren Aufgabe darin besteht, Reisen zu organisieren … und das kostet!"

„Na, mein lieber Joseph, wie einfach dies doch klingt, aber macht es Deinen Mitmenschen wirklich Spaß, so gar nicht an der Planung teilzuhaben? Weißt Du, zu meiner Zeit war das Reisen ja noch ein großes Abenteuer und mit vielen Beschwerden verbunden. Aber ich möchten keinen Tag vermissen, den ich erlebt habe. Auf meiner Italienreise hat mich jeder Tag inspiriert … für all mein Schaffen! Höre Joseph: *Die Reise gleicht einem Spiel; es ist immer Gewinn und Verlust dabei und meist von der unerwarteten Seite'.*"

„Herr Geheimrat, Sie haben sich wohl mal
wieder selbst zitiert, wie treffend."
„War Dir dieses Zitat bekannt, mein Freund?"
„Nein, Herr Wolfgang, ich habe es vermutet.
Aber ich werde es als Leitspruch in mein
Reisetagebuch aufnehmen, und sollte mich
einer fragen woher ich es habe, dann darf ich
doch mit Stolz antworten: von Herrn Goethe
persönlich."

Ein Lächeln geht über sein Gesicht. Er beugte
sich wieder zu mir rüber und benimmt sich, als
ob er mir etwas ganz Wichtiges sagen will.
„Mein lieber Joseph, ich kann Dir leider nichts
aushändigen, was aus meiner Feder stammt,
obwohl ich Dir eine große Freude machen
möchte, aber es ist nicht möglich."
Ich muss wohl etwas verwirrt aussehen und
gebe zur Antwort: „Ich habe noch gar nicht
darüber nachgedacht, eine solche Bitte zu
äußern. Unter anderen Umständen wäre ein
Autogramm, so sagt man doch wohl, das
Wenigste gewesen, was ich als Erinnerung an
Sie, mein großer Genius, behalten hätte."
„Du sagst es, mein Freund, kein sichtbares
Zeichen kann ich Dir vermachen, aber dass wir
uns hier in diesem doch so belebten Café
getroffen und liebgewonnen haben, ist doch
schon ein besonderes Geschenk."
„Wie soll es weitergehen, das Café schließt
gleich, und ich will doch noch so viel über Sie

erfahren."
„Joseph, Du weißt doch schon alles über mich.
Ich bin wie aus Glas, von allen Seiten
einsehbar."

Ich schaue ins Café, hebe den Arm und die
hochgewachsene Bedienung kommt an
unseren Tisch. „Sie wollen zahlen, die Herren?"
Als ich zu meiner Tasche greife, da hat Herr
Johann Wolfgang von Goethe schon alles im
Griff. Er gibt mir zu verstehen, dies sei seine
Sache und zahlt.

„Mein lieber Joseph, ich sehe an Deinen Augen,
dass Du einen Schimmer von Trauer trägst,
warum?"
„Großer Meister, so möchte ich sie betiteln,
auch für mich ist dieses Zusammentreffen ein
Geschenk. Wer hat da schon das große Glück,
einem Freiherrn Johann Wolfgang von Goethe
zu begegnen; und das in einer Zeit, in der die
Welt sich mit ganz anderen Dingen beschäftigt
als mit großen Literaten. Schade, dass zu Ihrer
Zeit der Nobelpreis noch nicht verliehen wurde,
sonst wäre Ihnen der Nobelpreis für Literatur
sicher, und ich hätte noch einen Grund mehr zur
Freude, einen Nobelpreisträger zu kennen, der
auch noch Goethe heißt, mein Gott, mehr geht
nicht."
„Über diesen 'Nobel' ...-Preis möchte ich mehr
erfahren. Wer ist der Stifter? Gut, Joseph, wir

sehen uns wieder, aber es wird etwas Zeit dauern; sagen wir, in vier Wochen hier am gleichen Ort um 15 Uhr, wieder am Mittwoch. Richte es ein, wir sehen uns mein Freund."
Er steht auf, reicht mir die Hand, hält meine eine Zeitlang fest, schaute mich an und lächelt wieder. Dann nimmt er seinen großen, schwarzen Hut, setzte ihn auf und verschwindet.
Ich schaue mich wieder verblüfft um, um zu erfahren, ob irgendjemand diesen mysteriösen Abgang mitbekommen hat, aber alle bleiben gelassen und ruhig. Ich nehme meine Tasche und verlasse langsam das Café. Die Frau, die uns bedient hat, ruft mir noch nach. Sie wünschte einen schönen Feierabend.

Ich habe keinen Feierabend, eigentlich habe ich jeden Tag Feierabend, geht es mir durch den Kopf. Ich bin noch so benommen von meiner Begegnung mit meinem Herrn Goethe, sodass ich sogar befürchte, auf der Straße etwas falsch zu machen, etwa bei Rot über eine Ampel zu laufen. Ich habe jetzt vier Wochen lang Zeit, um mir neue Themen zu überlegen, die ich mit Herrn von Goethe bereden möchte.

Als ich zuhause eintreffe, ist meine Frau nicht allein. Eine Freundin ist zu Besuch, und so werden auch keine Fragen gestellt, die mit Herrn Wolfgang von Goethe zu tun haben.

Unsere Freundin stellt aber fest, ich sei ungewöhnlich zurückhaltend. Wenn ich sonst von irgendwoher komme, sei ich geradezu im Redefluss und könne immer so gut Situationen wiedergeben, wenn andere gar keine Situation erkennen. Das sei doch mein Talent.

„Ja, das mag sein", sage ich zurückhaltend. „Aber ich möchte nicht stören und würde mich gern in mein Arbeitszimmer zurückziehen. Ihr habt ja sicher noch einiges zu erzählen."

Kapitel 3

Der Abschied

3

Mir werden die vier Wochen, in denen ich meinen Freund Johann Wolfgang nicht erleben kann, zur Qual. Ich kann ja mit niemandem, außer mit meiner Frau, über diese Begegnung reden. Er hat mich ja auch dazu aufgefordert, mit keinem darüber zu sprechen. Denn es bestehe die Gefahr, dass man mich in eine - sagen wir - besondere Ecke stellen könnte. Und das wolle er auf jeden Fall vermeiden.

Eingangs hat er mir nahegelegt, ich solle schreiben. Und das war im Grunde das Startzeichen, dies auch zu tun, ich schreibe. Ich schreibe über meine Begegnung mit meinem Freund Wolfgang, ich merke, dass es Spaß machen kann zu schreiben; zumal es sich um eine Person von Format handelt.
Herr Wolfgang weiß irgendwie alles, ist ein Mann von Welt. Aber er lässt auch mir Raum, über Dinge zu berichten, die wiederum ihn ins Erstaunen versetzen. Dann argwöhne ich immer, ist es bei seinem Benehmen nur die Art eines Gentlemans, auch seinem Gegenüber die Möglichkeit zu geben, etwas Interessantes zu berichten?

Auf jeden Fall weiß ich, solche Treffen können

keine Ewigkeit dauern. Wenn sie dann irgendwann vorbei sein werden, befürchte ich, in so etwas wie ein kleines Loch zu fallen. Aber ich weiß auch: Anna-Katarin würde dies verhindern. Sie weiß, wie man mit solchen Dingen umgehen kann.

Schließlich sind die vier Wochen Wartezeit vorbei, und wir schreiben wieder Mittwoch. Ich soll also meinen Herrn Wolfgang, nein, Johann Wolfgang von Goethe, treffen. Was ist in der Zwischenzeit alles Geschehen! Wir leben nun einmal in einer Zeit, in der sich die Ereignisse auf diesem Globus schnell verbreiten. Und so können wir auch schnell teilhaben an dem Weltgeschehen, ob im Guten oder im Grausamen. Ich habe zunehmend mehr das Gefühl, dass die Nachrichten, die uns erreichen überwiegend negativ geprägt sind. Eigentlich sollte ich das gar nicht so sagen oder schreiben. Man könnte den Eindruck haben, dass ich zum Pessimisten werde, was ich im Grunde genommen nicht bin.

Nun denn, es ist wieder Mittwoch, 15 Uhr, ich betretet das Café, schaue auf 'unsere' Ecke, wo der Tisch stehen sollte … und finde ihn nicht. Er ist nicht mehr an seinem Platz, der Tisch. Es ist wohl umgeräumt worden in den vergangenen vier Wochen. Und wo finde ich nun einen passenden Tisch für uns hier in diesem auch heute wieder so belebten Café?

Ganz am Ende des Raumes erhebt eine große Gestalt sich von seinem Stuhl und gibt mir durch ein Handzeichen zu verstehen, er sei schon präsent. Ich kann ihn aber nicht auf Anhieb wahrnehmen. Er steht für mich im Gegenlicht und ist nur als dunkle Gestalt zu erkennen.
„Mein lieber Joseph", begrüßt er mich, "wie freue ich mich, Dich wiederzusehen. Nehmen wir doch Platz und sehen uns das Geschehen im Café aus einer anderen Sichtweise an. Man scheint hier etwas verändert zu haben. Ich war schon etwas früher hier eingetroffen als verabredet, und das war gut so. Schau, wie voll es heute ist. Geht es Dir Gut, mein Freund?"
Ich mache eine leichte Verbeugung und bekunde meinem Freund Herrn Wolfgang, dass diese Freude des Wiedersehens auch auf meiner Seite sei.

Für diesen Teil des Cafés ist ein junger Mann als Bedienung eingeteilt. Die Bedienung vom letzten Mal, die große Frau mit der warmen Stimme, scheint wohl heute frei zu haben, ich sehe sie jedenfalls nicht. Da Herr Johann Wolfgang von Goethe sich offenbar schon eine kleine Weile hier im Café aufhält, hat er schon für sich ein Stück Torte und den üblichen Kaffee geordert. Ich bitte den jungen Mann um einen

Tee, schwarzen Tee mit Milch.

Herr Goethe zeigt sich ganz angetan von seiner Torte und erzählt, er habe so etwas noch nie gegessen. Sie sei eine Empfehlung der jungen Bedienung und nenne sich 'Havanna-Sahne-Torte', offenbar das Paradestück in diesem Café.

„Hat sich die Welt verändert, mein lieber Joseph", fragt er eher jovial. Ich erwidere, „mein lieber Herr Wolfgang, die Welt verändert sich ständig, wenn nicht stündlich, selbst in einer Stadt wie Köln ist ständig etwas in Bewegung, nur … es dreht sich alles im Kreis. Haben Sie bei ihrem Gang durch die Stadt nicht überall Baustellen gesehen? Selbst an unseren Kulturstätten wie die Oper, die wie eine Pyramide ausschaut, ist eine Baustelle. Man werkelt und werkelt und nichts geschieht so recht. Versprochene Termine, die zur Neueröffnung führen sollen, werden nicht eingehalten. Alles dauert, und das Dramatische ist: Keiner, der das Sagen haben will, fühlt sich für die gravierenden Fehler verantwortlich."
„Nun, mein lieber Joseph, Du scheinst ja in Rage zu kommen bei diesem Thema. Ich selbst war, wie du wissen musst, von 1791 an Leiter des Hoftheaters in Weimar. Im März 1825 brannte das Hoftheater völlig ab, und bereits im September desselben Jahres konnte ich meinen Spielbetrieb wiederaufnehmen; und

dies damals zu meiner Zeit."

„Mein lieber Herr Geheimrat, ich gehe einmal davon aus, dass Sie ständig an der Baustelle waren, um den Fortgang der Arbeiten zu beobachten und somit in Erfahrung bringen konnten, wann Sie und ihr Ensemble den Betrieb wiederaufnehmen konnten."

„Jawohl, mein Freund, ich bin schon allein des Geldes wegen immer informiert worden; was können wir, und was können wir nicht? ... Was ist denn in Köln anders gelaufen?"

„Herr Wolfgang, wir fragen uns alle, die die Oper lieben und sie derzeit nicht besuchen können: Wo waren die zuständigen Herrschaften, und wie haben sie sich informiert? Mein Herr Wolfgang, in Köln lässt man im Frühsommer für viel Geld Hochglanzprogramme drucken … für eine Operneröffnung, die dann in dem Hause im November nicht stattfinden kann. Und wir als Opernvolk erfahren, dass sich die Wiedereröffnung noch über Jahre hinziehen wird. Und keiner steht auf und sagt: 'Ich übernehme dafür die volle Verantwortung'; keiner. Dieses Desaster war für lange Zeit Gengenstand der Berichterstattung in den Medien."

„Nun, mein lieber Joseph, lass mal wieder Ruhe walten, Dein Gemüt soll sich beruhigen."

„Naja, Herr Wolfgang, die Oper bedeutete mir viel. Aber gut, lassen wir dies so im Raum

stehen."
Die Bedienung bringt mir den Tee, der junge
Mann verbeugt sich und will gehen.
„Entschuldigen Sie", spreche ich ihn an,
„erlauben Sie mir eine Frage. Ihre nette
Kollegin, die sonst hier die Tische bedient, ist
wohl im Urlaub?"
„Welche Kollegin meinen Sie? Wir haben
mehrere."
Ich meine die große Dame mit der warmen
Stimme", erkläre ich.
„Ach, hat sie eine warme Stimme?", fragt er ein
bisschen linkisch. „Nein, Urlaub hat sie
nicht." Er zögert ein wenig: „Sie mögen sie?"
„Ja, wir beide finden sie charmant und sehr
einfühlsam" stelle ich klar.
„Wir werden sie in naher Zukunft nicht mehr hier
als Mitarbeiterin erleben, aber darüber darf ich
nicht reden."
„Ist sie etwa krank?", frage ich vielleicht etwas
zu forsch.
„Ja, so ist es, rutscht es ihm aus dem Mund,
und eilte von dannen. Ich merke, dass er etwas
Unüberlegtes von sich gegeben hat.

„Krank", wiederholt Herr von Goethe und
schaute mich intensiv an. „Zu meiner Zeit hatte
der Begriff 'krank sein' eine ganz andere
Bedeutung."
„Dies wäre für mich von großem Interesse zu
erfahren, wie Sie, Herr Wolfgang, und ihr

Umfeld mit Krankheiten umgingen."

„Mein lieber Joseph, krank zu sein in meiner Zeit war eine heikle Angelegenheit. Wenn ich mich hier umschaue und sehe die alten Menschen, wie sie mit großem Vergnügen ihre Torten und Getränke genießen, habe ich den Eindruck: Das Wort Krankheit spielt doch heute eine untergeordnete Rolle … oder täusche ich mich da?"

„Herr Wolfgang, so ist es, sie täuschen sich. Die Herrschaften, die sich hier eingefunden haben, waren womöglich schon heute Morgen bei ihrem Arzt gewesen und haben natürlich keinen anderen Gesprächsstoff, als über ihre Leiden zu reden und sich gegenseitig Tipps über den schweren Grad ihrer Krankheit preiszugeben."

„Es macht mir großes Vergnügen, wie Du, mein lieber Joseph, die Dinge so darlegst und beschreibst. Zu meiner Zeit konnten schon kleine Erkältungen, wenn sie nicht erkannt oder behandelt wurden, ein Todesurteil bedeuten. Doch es gab auch viele Personen aus dem Bürgertum und Menschen auf dem Lande, die über die hohe Kunst der Medizin, wie sie uns die Natur und die Erfahrung bereitet, Bescheid wussten. Und sie konnten diese Kenntnisse auch mit Erfolg einsetzen. Ich selber habe daraus viel Nutzen ziehen können, und meine Christiane war eine wahre Meisterin im Umgang mit all den Mitteln. Sie konnte schon fast einen Apotheker ersetzen. Mit Neid sehe ich hier bei

allen älteren Herrschaften, welch schöne Zähne
sie haben. Ich hatte Zeit meines Lebens immer
große Probleme damit gehabt. Daher resultiert
auch mein Rheuma, wie man heute weiß."
„Ja, lieber Herr Wolfgang, schöne Zähne sind
auch heute noch eine Besonderheit und nur
eine Schicht von Mitmenschen vorbehalten, die
sich im Leben genügend abgesichert haben.
Aber es gibt bei uns Versicherungssysteme, bei
denen sich eigentlich jeder Bürger für den Fall
der Krankheit versichern muss. Finanziell
abgesichert sind auch die Kosten, um im Alter
nicht zahnlos sein Leben fristen zu müssen."
„Eine wahrhaft gute Sache, mein lieber Joseph.
Wer hätte das zur meiner Zeit auf den Weg
bringen sollen, und wie wäre es zu bezahlen
gewesen. Die Menschen meiner Zeit lebten von
der Hand in den Mund und noch etwas: Dass
ich so alt geworden bin, ist mir heute noch ein
Rätsel. Im Durchschnitt wurden die meisten
Menschen ja gerade 40 Jahre alt. Was habe
allein ich alles überstanden; einen Blutsturz,
mehre Herzinfarkte wie ihr es heute
diagnostizieren würdet. Und noch etwas quälte
mich für lange Zeit, aber man hat es mir nicht
zugeschrieben: Herr Johann Wolfgang von
Goethe hatte unter Depressionen gelitten. Doch
man verlangte von mir immer zu glänzen und
immer obenauf zu sein. Die Syphilis, auch
Franzosenkrankheit genannt, war in aller
Munde. Glaube mir, lieber Joseph, vor diesem

Leiden hatte ich am meisten Angst."
„Lieber Wolfgang", zeige ich mich verhalten, „da
möchte ich auch nicht nachhaken und eher 'die
Leiden des Herrn von Goethe' als
Generalthema in den Raum stellen."
„Aber nur zu, mein lieber Joseph, ich höre Dir
gern zu, wie Du die Dinge zu verstehen weißt,
ein schlaues Kerlchen bist Du."
„Nein, nein, lieber Wolfgang, hören sie auf, mir
so zu schmeicheln. Wenn ich es irgendwann
mal meinen Freunden erzählen darf, dass Herr
Goethe mich zu einem Schlauberger, so sagt
man hier, ernannte, höre ich es jetzt schon
tönen: 'Naja, der muss es ja wissen'."

„Ist alles Gut bei Ihnen? fragt die junge
Bedienung im Vorbeigehen.
„Ja, alles gut", sagt Herr Goethe, „aber bitte
bringen sie uns noch zwei Gläser Mosel."
„Mosel?", fragt der junge Mann, „ist das ein
Wein? Sorry, ich bin noch nicht lange hier, aber
das hat bei mir noch keiner bestellt."
„Zwei Gläser Mosel, sie haben es vernommen",
schalte ich mich ein. Ob dieser Nachtrag
vonnöten war, wage ich im Nachhinein zu
bezweifeln.
„Ich vermisse die große Frau", brummelt
Goethe so vor sich hin.
„Ich auch", stimme ich zu.
Nach einer kurzen Weile wird uns das
Gewünschte serviert.

Der junge Mann entschuldigt sich für sein Missgeschick und taucht wieder ab.

Herr von Goethe hebt gerade sein Glas, schaut mich an und will etwas sagen, als uns eine Frauenstimme entgegen tönt, ganz erfreut, uns hier an diesem Tisch zu entdecken.
„Och meine Herren, ich war jerade auf 'm Weg zur Toilette, und da hab ich Se gesehen und wollte doch noch juten Tag sagen. Ich bin heute wieder mit meinen Freundinnen hier und Gertrud, ming beste Freundin, ist heute 82 Jahre alt geworden. Is dat nicht schön, sie is wat durcheinander aber sonst jut dabei. Ich bin schon fast 85; entschuldigen Se, ich wollt' nicht stören. Machen Se et jut."
„Nein, ganz im Gegenteil", sagt mein Herr Wolfgang. „Ich freue mich, Sie wiederzusehen und wünsche Ihnen und Ihren Damen noch einen schönen Nachmittag."
„Och, wissen Se, ich hab' minge Freundinnen erzählt von Ihnen, wat für dolle Herren Sie da sind, mit Sicherheit wat janz Besonderes. Also, alles Jute." Mit Trippelschritten geht sie weiter der Toilette entgegen.
Mein Herr Wolfgang schaute der alten Dame noch nach, bis sie hinter einer Tür verschwindet: „Ich habe noch in keiner Stadt so viel Wärme von Menschen empfunden, wie hier in Köln. Diese Dame ist geradezu eine Gallionsfigur von einer Kölnerin."

„Ja, mein lieber Herr Wolfgang, ich glaube diese Art ist im Aussterben begriffen. Aber wir haben uns noch nicht zugeprostet; zum Wohl!", erhebe ich mein Glas.

„Mein lieber Joseph, meine Zeit ist jetzt bald abgelaufen, und ich möchte Dir, ganz besonders Dir, von ganzem Herzen danken für Deine Gesellschaft, für Deine nette Art zu plaudern und die Geduld, mir Partner und Freund zu sein."
„Mein lieber Herr Wolfgang", schau ich etwas verdutzt, „jetzt so auf einmal soll Schluss sein? Ich habe noch so viele Fragen, und wir hätten noch so viel zu erzählen. Einen Jahrhundertmenschen als Freund zu haben, das gibt es nur einmal auf dieser Erde. Sie machen mich unendlich traurig."
Er nimmt seine gepflegte Hand, legt sie auf meine und schaute mich an, dann zitierte er:

> *„Es kommt nicht darauf an,*
> *dass die Freunde zusammenkommen,*
> *sondern darauf, dass sie*
> *übereinstimmen.*
> *Ich weiß, du bist mein Freund,*
> *wenn du mich kennst:*
> *Und eines solchen Freundes bedurfte`*
> *ich lange."*

Dann nimmt auch er sein Glas, prostet mir zu
und sagt noch: „War schön mit Dir". Er winkt der
Bedienung, drückt dem jungen Mann einen
Schein in die Hand und gibt ihm zu verstehen:
„Ist alles in Ordnung."

Wir stehen auf, und ich weiß nicht, was ich
machen soll. Er nimmt meine Hand und drückte
sie lange.
Ihn zu umhalsen und mich zu verabschieden,
wie es bei Freunden üblich ist, ergibt sich nicht,
er hätte es auch nicht gewollt.

Er nimmt seinen Hut, setzt ihn auf und
verschwindet … und keiner hat es je gemerkt.
Als ich wieder auf der Straße bin, muss ich wohl
schwanken, nicht von dem Schluck Wein.
Nein, ich bin wie betäubt, Johann Wolfgang von
Goethe, ich habe ihn im Grunde nicht gemocht,
und jetzt war ich sein Freund.